더 힘차게 날아라

더 힘차게 날아라

초판 1쇄 발행 2026년 4월 10일

지은이 | 강홍규
만든이 | 이한나
펴낸이 | 이영규
펴낸곳 | 도서출판 그린아이

등록 연월일 | 2003. 12. 02.
등록 번호 | 제2-3893호
주소 | 서울특별시 은평구 녹번로 6-11, 201호
전화 | 02)355-3035   팩스 | 031)965-4679
이메일 | gmh2269@hanmail.net

ISBN 979-11-91376-74-6(03810)

더 힘차게
날아라

강홍규 제8시집

그린아이

더 힘차게 날아라

시조를 좋아하며 송강문우회를 조직하고 활동했던 소년의 때가 있었습니다.

나사렛신학교 1학년 때 학우지와 신문에 「분이에게」, 「고독자」, 「이름없는 목자가 되어」라는 시를 발표했던 학습기가 있었기에 시인이라 불리어지는 것을 좋아했습니다.

목회 45년을 마무리하고 2025년 4월에 은퇴했습니다.

2020년 후반부터 주보에 발표했던 시들을 엄선하여 제8시집을 내놓게 되었습니다.

귀한 분이 해 주셨던 반지를 팔았더니 출판비가 마련되어 이 또한 하나님의 은혜입니다.

코람데오의 신앙으로 남은 여정을 천천히 걸어가겠습니다.

아멘, 주 예수여 오시옵소서!

사랑하는 교회와 가족, 그리고 도서출판 그린아이에 감사드립니다.

제2부
시절을 따라 열매를 맺으며

제4부
한국크리스천문학가협회와 함께

제1부

그대의 봄은 천국

축복의 노래

남이 아닌 상호의 따뜻함
서로서로 훈장을 하늘에 두고 사는
목양일념의 영성
사려깊은 인성으로
축복의 노래를 부르는 오늘
복되어라, 생명이어라

2007년 부서기로 시작하여
은근과 끈기, 그리고 열정
하늘이 보고 땅이 아는
사람마다 증언하는 제56대 천기총
데메드리오이어라

교단의 중후함도 연합의 일치함도
그 이름대로 합력하여 선을 이루며
시민들이 존경하고 회원들이 박수치며
교회마다 축복하는
함께가는 하얀 길, 아름다워라

*천기총(천안시기독교총연합회) 대표회장 남상훈 목사님 취임 축시.

하나님의 백성

카오스에서 코스모스로
흑암에서 광명으로
이끌린 사람, 이끄는 사람
정감이 넘치는 미소와
경외감 넘치는 신실함으로
화목의 직책을 수행하는 예광의 십년
하늘 기쁨이어라

운행하며 대표기도하는 사부를
기둥 같은 장로로 세우며
서, 양 권사 임직으로 선한 사업에 힘쓰고
은쟁반에 금사과
하나님나라 백성으로 살아가는 리얼 스토리real story
예배와 기도에 목숨 걸고
말씀대로 적용하는 하늘 선물이어라

사도행전적 교회여
영원한 빛과 소금이어라

*예광교회 10주년 축시.

그대의 봄은 천국

윤택케 하는 비 한 방울도
정해진 땅에 떨어지는 법
고도의 꾸밈없는 사랑이여
승리를 여는 오늘
철칙 같은 중심이 있어
노래에도 마름 없으니
그대는 캄보디아의 봄입니다

은서는 선교의 주역이 되고
은채는 사역의 중심이 되어라
아버지의 성결함이 헛되지 않게
선교사의 밀알이 중단되지 않게
캄보디아의 사랑이 식어지지 않게
언제나 주님과, 어머니와 함께
그대는 예수마을의 봄입니다

녹지 않는 하얀 꽃, 소금처럼
거룩한 희생은 천국의 계단에서
섬기던 영혼들이 그리스도의 제자 되기를

안식과 평안을 누리시기를
막내 다윗이 되어
마음 합한 자 되어
그대는 기아대책의 봄입니다

*고승철 선교사 천국환송예배.

편히 쉬소서

1949년 2월 2일
부부가 한 날 태어나
동갑으로 신앙의 동반자 되어
현모양처, 유순한 당신
천국에서 편히 쉬소서
방송설교를 듣고 영접한
그 귀로 주님 음성 들으소서

더 효도하고 싶었는데
천국 가신 우리 어머니
천안에서의 이년
그 삶을 뒤로하고
하람이에게 사랑을
예람이의 재롱에 웃으시던 모습을
그리워하는 오늘
주 안에서 영생복락 누리소서

힘들어도 표현하지 않으며
걱정할까 봐 속으로 참으시던 어머니

진주보다 값진 현숙한 여인
능력과 존귀로 옷을 삼고
후일을 웃게 하소서

*고 서옥순 권사님을 추모하며.

.

김종수 형에게

성년후견으로 새롭게 만난 종수형
1949년생 당신은
2019년 70회 생일이 지난 어느 날
하늘의 부름을 받아
병원을 떠나게 된 자유자로
형은 천국시민권자입니다

지적장애는 삶의 불편함
독신장애는 외로운 기러기
무소유는 하늘 땅을 다 가진 것으로
포위된 삶은 날개 없는 천사인가
종소리 들리는 아버지 집에서
수반되어지는 성결의 영으로
형은 파도를 넘어서는 신자입니다

에베소교회에서 만난 형은
맨 앞자리 요란스러운 박수
흔들리는 율동은 하늘 몸짓인가
엄마 엄마 찾는 어린아이

88년도에 다시 만난 형은
보라 네 어머니라 하시던 예수형
형은 은혜가족입니다

귀천歸天

조용히 하늘 바라보며
창문 열고 살아온 세월
희락이 넘치는 천국의 삶
수고를 그치고 쉬리니
상급도 따르리니
성령께서 말씀하십니다

일곱 번 예배드리며 기도하며
기다림, 고통 끝에 찾아온 임종
하늘 가는 밝은 길이 열리니
만세반석도 열리는 오늘
지금까지 지내온 것
찬송이 울려퍼집니다

귀천歸天
성용 성민 성연을 두고 가는 길
1999년에 장로 되어
평생을 섬긴 교회
주님께 맡기고 떠나는 길

아내, 영원한 나의 내조자여
강건하소서
주의 일 더 행하소서
씨 유 투모로우
(See you tomorrow)

*조창희 장로님을 위한 조시.

성은의 날

김이 모락모락 피어오르는
신의 성품에 참여하는 기쁨
점점 더 강성해지는 천기총
희년을 지난 51차 총회
햇살은 새롭고 맑은 날
오늘은 성은의 날
합동의 기쁨이어라

중심이 있는 감사
역사를 아는 순종
성은을 되새기는
신실한 종에게 복을 내리시리니
열심히 이루실 지존자 계시기에
평탄하고 형통하게
무지개의 영광이어라

일치와 연합으로
천안의 복음화를 위하여
힘써 나아가리니

하늘이 아는 사람
땅에서 기뻐하는 사람
거룩한 교회를 지키시길
은총의 발자국이어라

*김신점 목사님께 드립니다.

성문의 날

거룩한 성에 들어가는 문을 연 지 삼십육 년
오늘은 성문의 날
어제의 개척이 있었기에
내일의 비전도 있는 것
역사를 이어가는 성문을
응원하는 사람들, 영원이어라

오직 예수 그리스도 복음
예배공동체를 향하여
열두 달, 열두 선교회
열두 지파, 열두 사도의 이름이여
어린양이 그 등불 되고
생명책에 기록된 자들만
들어가는 성문, 은혜이어라

장로 취임에 있어
정직한 사람, 은혜와 지식으로
김치 같은 미소, 신령과 진정으로
하나되어 정진하는 코람데오

임재가 있는 목자와 함께
동행하는 하얀 길, 푸른 마음
부흥하는 교회 축복이어라

*성문교회 임이랑 목사님께.

등불

동북아대회에서
피스 메이커로 신사의 면모
이젠 108차 개혁총연의 리더가 되어
낮아짐으로 나아가는 오늘
선배에겐 헬퍼가 되고
후배에겐 멘토가 뇌어
사역의 대행자로, 동역의 수행자로
성역의 동행자로
모든 성문이여 열릴지어다

등불 하나 켜고 있는 사람
등불 하나 보고 있는 사람
등불 하나 옮겨 주는 사람
사랑만큼 처음만큼
복음의 사람은 스티그마
복음의 증인은 카리스마
복음의 열매는 코람데오
그 손길로 이루시리니
험지도 그 앞에 평지가 될지어다

최고의 진리로 섬기며
원칙에는 아드 폰테스로 세워주며
걸어서 세계 속으로 정진하리니
서로 등불 마주보며 연리지로 서서
교회의 심지가 되리라
부어질 기름이 되리라
영혼의 비타민이 되리니
일한 곳에 열매를, 말한 곳에 역사를
모든 총대여 개혁의 깃발을 들지어다

*최원걸 목사 총회장 취임 축시.

하늘영원

꽃을 입은 여제자
부여에서 찬양으로 세워지고
인천에서 목양으로 넓어지고
봉상에서 칠년을 하루같이 목자로
단원 수리산 기슭에서 하늘 쳐다보며
영원을 사모한 그 이름

하늘나리 필 때 시작하여
하늘 향해 피는 토종백합처럼
언제나 코람데오
댕강나무는 댕강댕강
줄기가 부러져도 향기가 되고
섬초롱꽃은 울릉도가 고향이지만
피면 어디에나 이름꽃을 한다

이제 주의 영광을 자자손손에게
우리 손의 행사를 견고케 하심이
아침 같은 인자이오니
오늘 드리는 은퇴 찬하

준비한 손길에도 복을 내리시어
후일에 웃는 사람
희망의 얼굴이여

*천영자 전도사 은퇴 찬하시.

하늘의 사람

황송한 은혜 가운데
호수 위에 떠 있는 배처럼
규칙을 지킨 하늘의 사람
산에 올라간 모세처럼
성스러운 얼굴의 광채여
교통하는 성령의 사람
회집을 열심하는 성결이어라

1979년에 목양을 시작으로
천보교회 십 년의 세월
양무리교회에서 길을 새롭게 열어
산성에서 이십칠 년, 시온의 대로
순하신 사모님을 옆에 두고
성은을 입은 딸과 함께
아름답고 보기좋은 꽃동산이어라

후임을 사랑으로 세우며
여호수아를 지키는 마음으로
기도하며 함께하며

이제 프리랜서가 되어 날아오르리라
태후사랑에서 늙지 않으며
언어발달에서 아이가 되어
리타이어, 영원이어라

*황호규 목사님 은퇴 찬하시.

참 아름다운 사람

안수와 말씀으로
병든 자, 눌린 자를 찬송케 하는
참 아름다운 사람
하늘이 기뻐하며 사람이 따르며
바다의 부요가 돌아오리니 안심이어라

36년을 한결같이
교회를 교회되게 순복음을 세우며
호서인이 되어 학사 겸 제사장으로
이제는 천안의 교회를 섬기는 리더로
그리스도의 심장을 가진 사람
참 아름다운 교회의 감독자로 병참기지이어라

사람을 살리고 키우고 고치는 교회
천안 기독교의 대표성으로
목회를 시원하며 교회를 세우고
지역사회를 섬기는 하나님의 사람아
찬양이어라

*안병찬 목사 제52대 천기총 대표회장 취임.

여호와 삼마

박수갈채가 하늘에서 들려오는 주야
상을 베풀어주시리니
민첩한 사람이 복을 받으리니
산성의 잔치는 얍복강의 노래
성안에 있어도 여호와 삼마입니다

11월의 합창은 새로운 시작이며
새로운 탄생을 알리는 숭고한 소리
부족함이 없는 감사로
전임이 후임을 세우는 성결함
그 뜻에 따르는 카이로스입니다

소명은 천상에서
사명은 지상에서
충성은 순종에 있나니
합력하여 선을 이루라 하시니
가는 길 여호와 이레이어라

*예산 산성교회 박상민 목사 취임 축시.

약속promise

10년의 약속이
100년의 행복을 향하여 출발하는 오늘이여
결혼은 안쪽으로의 여행
사랑은 소리 없는 강물
서로서로 마주보는 연리지
은혜의 보좌 앞에서 코람데오이어라

10월의 아름다운 신부가
특공대 신랑의 프로포즈를 받던
그 시작처럼 그 전율처럼
그대의 색깔에 나를 물들게 하고
그대의 진한 향기를 맡으며
그대의 아우라는 이제 영혼의 뜨락
언제나 그대의 창가는 빛이어라

심지가 견고한 두 사람
평강에 평강으로 지키시리니
약속은 생명을 낳고 생명은 둘에 둘
부르는 이름 하늘에 닿고 땅에서 복되거라
사랑과 인정을 받으며 함께 가는 길, 영원이어라

*이요한, 조수빈 결혼식을 축복합니다.

임자darling

신기한 능력으로
선하심을 맛보고 호위함을 입으며
김치 같은 그대의 웃음
유리는 그 성에 정금이라
임자도에서 임자 됨은 진리의 영이어라

캠퍼스 바나바의 사랑은
과정을 지나 결실로 들어가는 예식
축복의 섬에서 교회는
놀고 쉬며 만남의 자리였듯이
그 안에서 복음의 진수 나누며
영원히 살고 싶어라

잘 맞지 않는 두 사람이 함께 사는 것,
사랑으로 아무것도 가진 것 없어도
모든 것을 가진 것으로 받아주는
그대와 나 효도하며 하나되어
가는 길 신망애로
언제나 주님을 닮아 아름다움이어라

*신선호 전도사 결혼을 축복하며.

순백a pure white

순백의 사랑으로
연애의 출발을 프로포즈로 완성하고
부분에서 온전으로 나아가는 오늘
은혜와 효죽에서 퍼올린 사랑의 우물
서산과 천안을 오가며 나눈 두터움으로
나사렛대학교 동문으로 신비한 러브스토리
속이 깊은 사람, 순백입니다

부족함을 채워줄 사람
배울 점이 많은 깨끗한 도화지
청아하고 순박한 그대는
나이보다 성숙한 나의 신부
자상하고 친절한 당신을 만나
진중함을 느끼며 바라보던 자리에서
이제 영원히 함께하는 사랑, 순백입니다

미래설계는 사명에 두고
하늘소망을 낳아 예쁘게 기르고
지식은 수아를 복되고 부요하게

수아는 지식의 돕는 배필로 아끼며
은혜의 보좌로 담대히 나아가오니
하늘이 아는 사람
땅에서 기업을 누리는, 순백입니다

*신지식, 이수아의 결혼을 축복하며.

언어명가

어머니의 태후사랑 확장 이전과
아이 언어발달연구소의 만남은
협치보다 아름다운 합치이려니
복되어라 모녀가 손 잡고 함께 가는 길
1급 언어 재활과 임상 경력 15년
나사렛대학교 석사 학위에 빛나는
성은을 입은 주님의 면류관이어라

언어명가를 세우리니
아이에게 말하게 도우며
손을 내밀어 그 입에 대리니
하늘언어를 네 입에 두노라
모세에게 아론 치유사를 붙이시고
바울을 가르쳐서
말에도 졸하지 않게 하시리라

태후와 아이를 품에 안은 목자
은퇴는 아름다운 리타이어
그룹회장으로 취임하는 오늘

그 이름 하늘이 아시며
그 기도 들으시리니
부요와 재물이 넘치리라

*산성교회 황성은 집사, 아이 언어발달연구소 오픈 예배.

양떼평화(양평)

조반을 주님과 함께
한량없이 누리게 하시며
덕을 세우며 원로장로로 세워지는 오늘
교회 창립 65주년의 경사로다
마룡의 이름에서 벤엘로
홍천에서 태어나 양평으로
영광과 존귀함이 있으리라

교회 서기 40년, 세계신기록
주교장 20년, 장로임직 후 성전건축
지경을 넓히신 은총의 발자국이여
27년의 공무원도 존귀하고
13대 전국장로회장의 직책을 더 소중하게
나사렛 일꾼으로 인정받은 신사여
정직지의 후대에게 복이 있으리라

명예장로에게 멍에를 쉽게 하시며
권사로 세움을 받는 이 시간에
온유와 겸손으로 나아오게 하시기를

양떼평화를 지키는 선한 목자에게
지혜와 계시의 영을 더하시기를
양평벧엘교회여
천하만민 가운데 명성과 칭찬을 얻게 하리라

*조한덕 장로님께 드립니다.

안전지대

안전지대에 서서 준수한 사람
호수 같은 사랑이여
열 명이 다 감사하고
매일매일 묵상하고 맺어 자라가며
는개비 내리는 날
교회에서 회집할 때 만나는
코람데오여

두 번째 오는 은혜
완전한 사랑은 죽음을 이기고
섬김은 영원한 것
갑절이나 더할 은혜로 나아가길
천기총의 질서가 잡히고
위상도 더 아름답게 세워지기를
기도하는 손들의 연합이여
호호呼呼의 연합으로
함께 가는 길, 통합의 사랑이여

*제55대 천기총 대표회장 안준호 목사 취임 축시 .

늘 푸른 초장

오늘
한 영혼 천하보다 소중하기에 끝까지 사랑
언제나 요한복음 13장 1절
지치고 상한 심령을 회복시키는 늘 푸른 초장이여

말씀으로 먹이고
상담으로 양떼를 치는 사명
천안역의 파수꾼이 되어
노방전도와 노숙인 섬김
윤택한 신망애의 삶
애타는 예레미야의 심정으로
하나님의 사람을 세움이어라

2019.11.3. 천안에 교회를 시작하여
새롭게 나사렛의 깃발로 일어나 빛을 발하리니
믿음의 아버지를 이어가는
영원한 성결의 은총이어라

*교단 가입 윤신애 목사님께 드립니다.

그날 밤에 주께서

강하고 담대하라
원하는 것은 이루어지며
남향은 언제나 최적지
목회는 양을 먹이고 치는 일
사명을 생명처럼 여기며
리브가와 함께 언약의 돌무더기를 세우리라

강원남도를 지나 천안에서 동서남북을 바라보며
웨슬리의 후예 감리교회를 넘어
나사렛 사람으로 서 있는 자리
언제나 여호와 삼마이어라

그날 밤 2025년 3월 11일
광풍이 부는 그날에 주께서 곁에 서셨고
연약할 때 강하게 태한 그릇의 사명을 이루게
자기 백성으로 사랑하시기에
가장 완전한 길로 인도하시리라

*강원남 목사 안수식.

제2부

시절을 따라 열매를 맺으며

광야 40년의 노래

인연이 아닌 섭리
목회 40년은 광야 40년
노래하는 사람은
갈렙의 마음, 청년입니다
자수성가는 아닙니다
신수성가의 길임을 고백하며
은혜라고 노래합니다

그 길 걷게 하신 것
기억하며 후회 없다고
사랑이라고 이름을 짓고 싶습니다
때로 낮추시려 육체의 가시 주시고
때로 시험하려 마음이 어떠한지
떠보신 것을 아는 지금
40년 목회를 감사드리고 찬양합니다

천보에선 의복이 해어지지 않게 하시고
부성에선 온갖 연단을 아들로서
감당케 하셨으니 소망의 인내이며

이제 아름다운 땅에 이르러
골짜기든지 산지든지 샘이 흐르게
모자람이 없는 풍족한 땅에
옥토를 주셨으니 은총의 발자국입니다

은혜의 양떼목장

양털 같은 구름 밑에 산봉우리
네가 양떼였으면 좋으련만
보스라의 양떼같이
초장의 양떼같이 불러모으리니
바벨론에서 나오리라

겁박은 네 앞에서 무릎 꿇고
전쟁은 믿음 앞에서 달아나며
코로나는 무너지리니
탄식은 이제 물러가리니
돌아와요 예루살렘
살아봐요 영원토록
평화의 터전이리라

은혜의 양떼목장
기다리는 목자의 떨려오는 음성
양의 이름을 불러도 대답이 없을 때
문고리 잡으며 나 그대 앞에 서리라
부탁해요 돌아와요
은혜의 양떼이리라

돌보심

코로나 격상으로 일상이 갑갑하고
마음까지 추워질 때
따뜻한 손이 그립습니다
현실 앞에 함께 위로하고
공감할 수 있음도 사랑입니다

어느새 성탄은 지나고
한 해의 끝자락에서 뒤를 돌아볼수록
그 돌보심을 잊을 수 없고
하루가 짧은 것도 축복입니다

사랑하는 사람은
지나간 자리까지 아름답고
그 흔적만큼 돌보심과 만지심
사랑 뒤에 오는 것
이별이 아닌 은총이며
그 안에 숨어살게 하시니 감사입니다

요셉에게

다정한 안부를 그대에게 물어보는 시간이 아름답다
떨어져 있는 순간이 더욱 그리운 것은
기다림의 약속이 있기에
우리 모두 이웃의 이웃이 되어
수고했어요, 정말 고생했어요

실패 같은 성공을 위하여
성공 같은 실패가 아니기를
회개하는 자성의 시간은
고통을 지나가는 지름길이기에
오늘도 나는 그 길을 걸으며
요셉의 이름을 부른다

코로나 시대에 기억할 것
예수 나의 구원자
하나님은 언제나 임마누엘
성령충만으로 나아갈 자리
다시 오실 그날이 오리니
샘 곁의 무성한 가지 되리라

반석 위에 세운 교회

교회는 모래 위에 세워지지 아니하였기에
대면이나 비대면에 흔들리지 아니하며
온라인과 오프라인도 아닌
우리는 올라인All line
예배는 목숨을 걸고 드리는 섬김이어라

반석 위에 세운 집
건물이 있거나 없거나
중요하지 않은 형태를 초월하여
신앙고백 위에 세운 교회
세상에서 환난을 당하나
그럴수록 담대해지고
당한 일이 많을수록 복음의 진전
흔들리지 않는 기초이어라

음부의 권세가 이기지 못하고
사탄의 왕국이 좌절되는
세상이 감당할 수 없는
믿음이 역사하는 천국이어라

내림

형제의 어울림
함께 사는 것도
내림이다
우애도 사랑도
그 사람이
내림이다

머리에 있는 것
보배로운 기름도
내림이다
아론의 수염도
그 옷깃까지도
내림이다

헐몬의 이슬
시온의 산들에
내림이다
모든 일에 복도
그 명령도
내림이다

온갖 좋은 은사
온전한 선물도
다 위로부터
내림이다

부르심

화평 가운데 각 사람에게 나눠주신 대로
부르심 그대로 행하라
부르심 그대로 주님과 함께 거하는 삶
아름다워라, 그 은총의 발자국이여

행동하는 신앙
호산나는 신앙의 표현 양식
종려나무가지는 입성의 환영 스타일
주께 속한 자유인
그리스도의 종이며
값으로 사신, 그 이름 복되어라

성도 그리고 사도
두 날개의 부르심
사수성가는 흙수저
부수성가는 금수저이며
신수성가는 그 손으로 일어선
희망이어라, 그 연단의 과정이여

레갑 자손

행복한 가정을 부르는 기도가 스며들기를
너희 생명이 길리라
영원히 끊어지지 아니하기를 바라는 하늘아버지
순종의 본을 보이는 레갑 자손 되기를 원하나이다

이백삼십 년을 지켜온 요나단의 명령은
언제나 살아 있는 말씀
본래 유대인이 아닌 우리지만
광야에서 만난 그 사랑으로
모세와 함께하는 그 은총으로
예루살렘 가문을 이루었나이다

세속의 포도주를 거부하며
평생을 장막에 머물며
명령대로 살아가는 성결한 소수
아버지 앞에 설 사람이 이어지는 가문이여
유목민(노마드)에서 정착민으로
살게 하심을 감사하나이다

영광스러운 가정

가정은 숲너울
충분한 비워둠의 공간에
서로서로 사진에 담는 변화무쌍
숲너울을 찾는 연인들
해질녘이면 순백의 벽면은
한 폭의 캔버스가 되고
자연의 숨결은 그림자와 더불어
짙게 드리워집니다

같은 문금리에서
이렇게 다를 수 있을까요
같은 가정인데
가치가 다르면 비워지지 않고
오히려 갈등이 생기나니
세상에는 *유토피아, 디스토피아가
존재하지 않습니다

머리이신 주님을 남편이 대신하며
교회를 사랑하듯 아내를 위하며

창조명령으로 교회를
문화명령으로 가정을 세우라
영광이 그에게 있으리라

*유토피아 : 이상향 - 토머스 모어
 디스토피아 : 반(反)이상향 - 존 스튜어트 밀

백신의 노래

두렵고 떨림으로 찾아온 백신접종
죽은 사람도 아픈 사람도 있다는데
아제 주사바늘이 가늘어서 그런지
좋지 않은 반응도 없이 쉽게 끝나버려
주 은혜로 알고 일상으로 돌아와
백신의 노래를 부르는 월요일 오후가 아름다움이어라

병원체를 죽이는 백신으로
면역력을 키워주시고
건강력을 새롭게 하시며
영력을 갑절이나 더하시길 원합니다
진정한 백신은 또한 주님이시오니
죄성과 분노의 감정을 죽여주소서
참 포도나무이신 주여
평생 그 가지로 삶이 행복이어라

화사의원의 링거는 사랑의 열매
그 섬김은 향기로운 제물
그 친절은 의인의 상급이여
백신의 노래는 주 앞에 끝이 없어라

엘벧엘

여름은 익어가고
매미의 울음소리
천상의 연주가 되어 가을을 부르고
다윗의 수금으로 사울의 악신이 물러가듯
코로나가 떠나가기를 원하노라

세겜에서의 탄식이 끝나고
벧엘의 꿈이 재현되기를
엘벧엘은 언제나 아침이어라
알론바굿
이별의 아픔이 있는 곳
묻을 것은 묻어두고
심을 것은 오늘 심으리라

드라빔 없는 세상에서 살기를 원하시기에
우리가 누릴 영원한 지금
거룩하여라
화평하여라

갈길과 할일

방향을 잡으면
갈길이 보입니다
믿음으로 가는 길
구름기둥과 불기둥으로
인도하십니다

사명을 발견하면
할일이 열립니다
소망으로 가는 길
피값으로 세우신 교회
축복하십니다

A 동기(아브라함)
M 동기(모세)
P 동기(바울)
은혜와 율법은 복음으로
하나가 되니
사랑입니다

크고 부드러운 손길로
갈길과 할일을 보이소서

돌아오라

이제라도 돌아오라
옷이 아닌 마음을 찢고
은혜로 돌아가오니
품꾼의 하나여도 좋습니다, 아버지
나팔소리 듣고 성회를 소집하라

우리에게 돌아와서
그 뒤에 복을 내리시리니
그의 뜻은 재앙이 아닌
미래와 희망이라
찍으셨으나 도로 낫게 고치셨고
싸매어 주시리라

부르심으로 불의를 버리고
내 영혼의 목자에게 돌아가는 시간
죽었다가 다시 살며
잃었다가 다시 얻음이니
내 영혼의 감독자 앞에서
이제 길을 찾습니다

대면 그리고 비대면

구심력 안으로 향하는 힘
원심력 밖으로 향하는 힘
오늘도 교제와 선교가 넘치는 교회
'겉나'보다는 '속나'가 더욱 살아 있게 하소서

육신으로 떠나 있으나 심령으로는 함께 있어
주 예수의 날에 구원을 받으리니
오직 순전함과 진실함의 떡으로 살아가는 그대여
사람에게 보이기보다는 은밀한 중에 아버지에게
보지 못하고 믿는 자 복되게 하소서

내 영혼의 뜨락
가정家政으로 다스림을
가정家庭으로 터전을
다스림은 수지으로
함께 부드러운 수평으로
라합의 가정을 이루리니
주의 뜰에 살게 하신 사람
주의 힘으로 산을 세우소서

이 모든 날의 마지막

흐르는 눈물의 의미를 그대는 아는가
오래 저장된 포도주처럼 그 의미는 깊은 바다
감출 수 없고 피할 수 없는
사연들을 내려놓으면 누구나 한나가 되는가

세상을 이겨야지
바다라도 걸어가야지
엘가나의 사랑에 머물지 않고
브닌나의 격동에 매이지 않고
사무엘은 그의 선물
내 믿음의 아들은 누구인가
걸어가도 피곤하지 않을 그대는 독수리인가

그대는 이 모든 날의 마지막을 아는가
여러 부분과 여러 모양으로
최종적이고 결정적인 말씀으로
만유의 상속자이신 그리스도
마지막은 새로운 목적
그날이 완전하여라

오직 하나

그래도 설날은 가장 따스한 이름
거리를 두게 한 날부터
깨어지고 부서지는 미풍양속
올해도 나는 사랑하는 사람을
만나지 못한 서러움에
우는 마음, 그는 모르고 있다

오직 하나이신 여호와
대면 중에 비대면이 되고
비대면 중에 대면이 되는
도마가 부러워지는 날
마음을 다하는 사랑이여
전존재의 진실 하나로
나, 그 이름 부르고 있다

그저 감사할 뿐
은총의 발자국인데
안성맞춤으로 살기를
가내 두루 형통하기를
비는 마음, 하늘에 들린다

독수리의 날개

하늘이 바다처럼
해는 그 위에 떠 있고
진에어 날개를 보며 오고간 나의 독수리
갈대파도를 지켜보며 그대에게 하고 싶은 말
뿌리는 흔들리지 않는단다

피곤하고 곤비한 삶
그러하니 수고하고 무거운 짐
쉬어야 하는데 내려놔야 하는데
소년이라도 더 이상은 힘들겠지만
그대에게 하고 싶은 말
앙망하면 새 힘을 얻는단다

아침마다 새로우니 새 힘
저녁마다 쉬게 되니 새 힘
저녁이 되고 아침이 오는 것
그대여
저녁이라고 울지 말아라
곧 아침이 오리니
함께 가자, 우리라고 하신단다

오히려

오히려
감사의 말을 하라
사드락 메삭 아벳느고처럼
그리 아니하실지라도
우상을 섬기지 아니하며
풀무불에 던져져도
굽히거나 물러서지 않을 절대신앙
하나님은 사랑이시라

오히려
마땅히 할 말을 하라
경우에 언제나 합당하며
아로새긴 은쟁반에 금사과처럼
그대의 가는 길, 주께서 아시나니
딘런히 신다 헤도 정금 같게 하시리니
그 길은 황금길
하나님은 영원이시라

오히려
사람에게도 감사하라
그가 있었기에 오늘이 있는 것
그 일이 있었기에 하늘의 긍휼이 내리고
겨울이 오기 전에 감사하라
하나님은 살아계시니
겉옷과 가죽책을 가지시라

P형에게

P형
종의 멍에를 메지 마십시오
진리가 형을 자유하게 도우리니
묶이면 안됩니다
귀속이 아닙니다
종속은 더욱 아니지요
형, 우리 함께 가요
자유와 민주가 있는 곳으로

P형
그 이름을 부르는 언덕에도
바람이야 늘 불겠지만
춥지만은 않습니다
봄날은 갔다가 다시 찾아오듯
내게 찾아온 사랑
하갈은 종의 멍에를 지지만
형은 자유로운 영혼, 사라가 보이지요

형, 추억에도 갇히지 마세요
과거는 흘러 흘러 지나갔죠
바람 부는 언덕 위의 십자가
마지막 사랑으로 그 이름을 불러요
아, 십자가가 보입니다

호산나

이제 구원하소서
이제 형통케 하소서
호산나의 아침은
십자가에서 이루어지고
호산나의 정오는
나사렛 예수의 죽음으로
호산나의 저녁은
골고다에서 세워지는 하나의 별빛이네요

너무도 아픈 사랑은
죄 없이 대속하여 죽는 것
그 아픔은 나의 노래 되어
서서히 스며들게 하고
호산나의 함성은 새 물결
십자기에 못 박힌 예수어
주와 그리스도가 되게 하셨네요

주가 쓰시겠다 그 음성 듣고자
나귀 되어 매여 있는 그대여

풀어주소서 열어주소서
기다림은 그리움 되어
총회에도 기름 부으시길
주여, 하나 되게 하소서

어머니

나의 향기
세상에 계시지 않아도 더 묻어나는 그 향기
생명에 이르는 냄새요
한나는 아니었지만
마리아도 아니었지만
그 향기는 모자라지 않습니다

안아주고 받아주는 포용의 향기
베풀고 섬기는 나눔의 향기로 사셨기에
청량감이 강하며 시원한 느낌을 주는
허벌herbal입니다

한나
울음 뒤에 찾아온 행복
사무엘을 바치고 밑기고
그 향기는
선지자입니다

삼위일체

기도원 앞 삼성천 자전거길을 그냥 걷다
거슬러 올라가는 오리는 물고기를 먹고 있었다
혼자서 잘도 살고 그러니 혼밥이다
배가 불러도 외로움은 여전하다
홀로 갈 수 없는 길
삼위일체는 함께 올라간다

올라가서 만나고 내려와서 섬기는 우리
창조의 이름이여
아론의 축도는 강복이며
바울의 축도는 선포이리니
함께 가는 길
삼위일체 안에서 내려간다

약한 것을 자랑하여도 강하게 하시며
날마다 죽어도 그 안에서 살게 하시는
삼위일체여
신비하고 고요하다

*갈멜산기도원에서.

헌신

하지 저녁 하늘은 파랗다
8시가 되어도 그렇다
숲내음 길
참나리꽃이 나를 보고 웃는다
한여름밤 풀벌레 소리에도
나는 침상을 적시며
몸으로 드리는 영적예배를 희망한다

예향 강릉
강릉에 오면 다 작가가 된다
해는 바다 위로 뜨고
바다 아래로 진다
하늘은 뭉게구름
바다는 에메랄드, 청록색
한 사람의 헌신이 우리를 끌고 긴다

함께하는 실무교역자 워크샵
헌신을 부르고 협력을 노래하며
새 힘을 공급받는 힐링의 시간들

여름을 더 뜨겁게 할 수련회
바다향, 솔향, 커피향의 도시에서
그분으로 인하여 용기를 얻는다

언약

목사님
저도 마음이 아파요
기도하다가 몸살 나신 얘기 듣고
부끄럽고 죄송했습니다
제가 얼마나 기도를 안했으면
얼마나 기도할 게 많았으면 그리하셨을까
아론과 훌이 되고 싶습니다

권사님
이번주 지나면 괜찮아질 겁니다
그동안 안 걸린 코로나
이참에 성경도 읽고
기도도 매일 한 번씩 하기로 하신다니
이 또한 은혜 위에 은혜이지요
걸려도 감사히는 미음
우린 음부의 권세를 이깁니다

장로님
우린 다 연약합니다
언약을 세우시는 분, 영원하시기에
보이지 않는 희망, 저편에 두고
의의 면류관이 예비되어 있어
병고에 눌려 있어도
무지개로 보이시지요
함께 가는 길, 하얀 길입니다

내 아들 솔로몬에게

신정호수에서 부는 바람
어제보다 감미롭고
숲속의 나무가 구름을 가려주고
하늘은 우릴 향해 열려 있어
우보천리牛步千里
우직한 소의 걸음으로 천리길을 가리라

내 아들 솔로몬아
믿음의 가문을 이어갈 너는
힘써 대장부가 되고
그 길로 행하여
무엇을 하든지 어디로 가든지 형통하리라

지혜로운 내 아들
마음과 성품을 다하여 진실하고
끊어지지 않도록 말씀을 붙들어라
역사의 수레바퀴는 주권자가 계시니
요압과 시므이는 그냥 두지 말고
바르실래 후대에겐 상을 주어라

슈브그ıᴡ

가을이 왔습니다
가을바람이 아침마다 불고 에어컨 없이도 지낼 만합니다
상암동 정선 수양관은 더 시원합니다
땅을 바친 사람
건축하는 데 헌금한 사람이 똑같아서 한편 부럽습니다

동기는 한동네 사람
교회야 서로 다르지만
나이도 비슷하고 가는 방향은 똑같습니다
칠 년이 지난 만남
막내라서 그런가요
복스럽게 늙은 친구들
나사렛의 기쁨입니다

눈에 담지도, 발에 담그지도 못한
아까운 물이 세월과 함께 흘러갑니다
우리, 붙들어야 할 슈브그ıᴡ
돌아가야 할 자리가 있는 사람
절대자를 아는 사람은 행복합니다

깨달음

깨달은 한 가지
지혜는 위에서 오고
악한 것은 세상이 주는 것
살피고 그 이치를 위하여 깨달은 것
많은 꾀를 내고 살아온 것이라오

은행나무잎도 시절을 좇아
여름은 새파란데
지금은 연두색으로 하루하루
노랑색이 되면 은행을 열매로
내가 깨달은 한 가지
변화가 중요하다오

추석을 맞이한 중추지절中秋之節
뎌도 맏고 덜도 맏고
예수님 품 같기를 원하오

위로

위로는 달래주며 덜어주는 것
따뜻한 말 한마디
선한 사마리아인처럼 행동하고
아비삭은 다윗에게 위로자가 되듯
그대는 나에게 별이 되어
해의 영광으로 이끌었으니 감사해요

너희는 위로하라, 내 백성을 위로하라
노역의 때는 끝났고
그 무거운 짐은 네 어깨에서 떠나고
그 멍에는 네 목에서 벗어질지어다
베옷을 벗기시고 기쁨으로 띠 띠우시고
슬픔이 변하여 내게 춤이 되게 하십니다

주님께 받는 위로
환난 중에서 우리를 위로하시니
모든 사람 위로하여 소망이 견고하게 되리니
능히 위로하게 하시는 이
수고하고 무거운 짐도
쉽게 하시니 가득한 은총입니다.

임마누엘

그 뒷모습을 보며 맞이한 크리스마스
12월에 숨지 말고 나오세요
1월로 같이 가요
아, 성탄은 임마누엘
며칠 남지 않아
반전이 기다리는 베들레헴에서 만나요

1년의 고통을 쉬게 하는 시간
구주 오셨네 구주 오셨네
오늘 다윗의 동네에서 천사들의 노래
한파주의보를 녹이는 동방박사가
나타나 주고 간 황금 유향 몰약이여
오늘 경배하는 사람은 평화가 돌고
오늘의 성탄은 영원한 지금이라오

맑은 햇살로 오사
잠든 영혼을 깨우는 종소리
안기고 싶은 그 잔잔함
마음 가득 퍼올리는 깊은 우물이라오

제3부

샤몰로그 호산나

영원히

아픔까지 사랑한 사람
하늘까지 이어준 사람
땅끝까지 펼쳐진 사랑이여
명절의 더부룩함도 날려 보내고
이별 없는 사랑을 노래하며
긴 세월을 돌아 돌아 걸어온 외길
속삭이듯 들려오는 그 눈빛이여

금광호수의 구름 속에 감추어진 해님은
나 보기에 부끄러운 듯
박두진은 고독의 강을 노래하고
그러다가 십자가를 찾았듯이
내가 찾는 모든 것이 영원이기를
종의 집이 그 말씀하신 대로
복을 받게 하옵소서

주 밖에는
나의 복이 없나이다(시16:2)

순례자

출입을 넓게 인도하시며
주야로 지키신다는 프로미스
해도 달도 건드리지 못하며
지금부터 영원까지
피할 바위 되시리니
고마워라, 님의 숨결이여

성전에 올라가는 노래
절기 따라 함께 부르는 사람들
어여뻐라 그 발걸음
가벼워라 짐을 내려놓는 순례자여
관광이 아니어도 하늘을 보며
땅에 디딤돌을 놓는 샤몰로그의 아침이여

별이 내려앉은 자리처럼
따스한 기억 하나
에벤에셀입니다
함께한 순간 감사해요
그리고 웃으며 다시 만나요

샤몰로그 호산나

빈잔이 된 것을 보고
그제서야 부으시는 주여
메마름도 샤몰로그의 곤고함도
빈잔이오니 채우소서
씨앗헌금을 드리오니
소망교회에도 보금자리를 주소서
호산나 다윗의 자손이여
이제 구원하소서
이제 형통케 하소서

곡예 같은 샤몰로그 운전
위험한 밤길도 지키시며
피할 길 여시는 양보의 주님
나뭇가지 깔아놓고 맞이하는
니스바굉징이여
당구장이 교회당 되고
농구장이 집회장이 되어
호산나 호산나
나는 행복합니다(I am happy)

매일 한 마리씩 돼지 울음소리 들으며
짖지 않던 개들도 나가려고 하니
벌떼같이 달려들며
가지 말라 소리지르고
대원선교회와 함께, 선교사와 함께
동역하는 아침마다
기적을 경험하며
샤몰로그여 말씀으로 살아 있으라

원 포인트 one point

한 가지 일을
구하는 지혜
사랑은 집중하는 것
사랑은 목표가 하나되는 것
포용할 수 있는 용기를 주소서

바라보는 아름다움
그의 성전에서 사모하는 단순함
환난날에 그의 초막 속에 지키시고
장막 은밀한 곳에 숨기시며
비밀한 삶, 그리 살게 하소서

원 포인트
지엽이 아닌 본질에서
소유가 아닌 존재에서
대문 두드리는 소리에도
두려움이 없는 태연한 삶이게 하소서

이름이 주는 의미

폭우와 폭염
나는 어디에 서 있는가
자연이 있게 하는 곳
세상엔 안전지대가 없으니
하늘 쳐다보는 인생
그대의 무사무탈을 빌며
두 손 모으는 시간이 늘어만 갑니다

이름이 주는 의미
열혈인가 냉혈인가
미지근함이 없기를
이름은 분명하기에 작명은 섭리인 듯
신선한 충격을 주며 함께하는 구주의 이름입니다

이름값을 요구하는 세상에서
나잇값으로 대답하며
자리값을 청구하는 세상에서
빛과 소금으로 응대하는 데 부족함이 없기를
오히려 넘치기를 바라는 마음
진심이며 나의 전심입니다

네 신을 벗으라

수련회가 시작되는 주간에
하나님의 산 사랑의 교회수양관에서
젊은이여 하늘 약속을 가졌는가
신발을 벗고 대지와 접촉하라
여기는 거룩한 곳
안성은 호렙산이어라

구부정한 거북목에 전기가 흐르게 하라
치료하는 광선이기를
뜨거운 머리는 시원하게
차가운 배는 시원하게
기혈 흐름은 원활하게
여기저기 가시덤불이어라

호렙은 천사가 다시 와서 어루만져 주는 곳
일어나서 먹고 마시고 그 힘을 의지하라
그 약속 이루어지리니
젊은이여 그 섬김으로 영원이어라

천국의 가을

그대여
길손이면 어떠하며
내 집이 아니면 어떠한가
낙엽이 보이기 전에 일어나시게

바람이 불지 않아도
숲속엔 나무들의 소리가 있고
몸도 마음도 존재의 가벼움으로 아주 잠시인 것
마른 향기 느끼며 걷는 길
오늘을 마지막처럼

가을이 깃든 전원에서
가을빛은 녹색의 큰 잔치
거두어들이는 미소가 있는 계절
천국의 가을이여
겨울이 오기 전에
단아함과 섬세함이 넘치는
천국의 계단으로 함께 가시게

인정하기

숲이 그린 집
그 이름 나문재에서
한해살이 풀의 아쉬움을 뒤로 하고
호산나는 새롭게 피어난다
권세있는 추진력
순종하는 이 은혜와
절대신뢰의 회수 그리고 열매
긍정의 힘으로 힐링파 점점

서해에서 본 일출 그리고 일몰
해의 영광을 본 사람은
달의 영광을 그리워하지 않으며
별의 영광 그 유혹에도 넘어가지 않으리니
아직 최고의 날은 오지 않았으니 멈추지 않으리라
그리고 변히지 않으리라

범사에 그를 인정하라
나를 부인하고 그를 시인하며
나를 죽이고 그를 살리며

명철을 의지하지 않으리니
그를 경험하는 삶
걸음마다 인도하시리라
우애와 영광 주님께 돌리리라

제단

나를 무너뜨리고
너를 세우고 싶다
내가 부를 마지막 이름
제단에 바치는 단 하나의 사랑이여
견고한 진도 무너뜨리며
모든 이론도 높아진 모든 것을 내려놓으며
섬기는 제단에 충정을 바치옵니다

구슬초 피는 가을
에스더들의 합창이 솔바람테마파크에 울려퍼지며
국화 향기 내뿜는 대국의 사람들이여
남당항은 아픔을 딛고 칠전팔기
제단을 세우고 무너진 지역을 일으키며
물 부은 자리에 불로 임하심을 믿사옵니다

개척자의 심령으로 나아가오니
리빌딩 처치(re-building church)
뉴프런티어(new frontier)
수축의 영으로 임하소서

밖에서 안으로

가을빛은 아름답습니다
단풍이라 이름지은 그대가 아름답습니다
밖에 있는 것이 안으로 들어올 때
그리고 가까이 있을 때에 더욱 아름답습니다

왜 나사렛교회인가
밖에서 안으로 들어와서
이 아침을 즐기세
희망이 있는 곳이 아름답습니다
외인들이 권속이 되고
거리감에서 동일한 시민으로 안궁입니다

물질도 밖에서 안으로
시간이여 밖에서 안으로
생명의 근원인 마음이여
안으로 안으로
마인드는 일종의 버튼, 눌러주세요
서로 연결하는 자리
밖에서 안으로 들어오세요

눈을 들어 바라보라

비 내리는 우수
입춘이 지났는가
봄은 시작되었는데
문금리의 눈은 녹지 않고
마음의 얼음은 더 두터워지는 날
갈멜산에 와서야 열린 문을 보니
엘리야가 온 듯하여라

아브라함이 주일학교에 온 날
행복하고 감사했습니다
설교를 할 땐 이삭이 찾아와
모리아산을 보여주었고
롯이 찾아와 인사를 하고 돌아갔습니다
평생 원수가 아닌 평생에 형제 되어 가는 길,
다툼이 없는 친구이이리

눈을 들어 바라보라
내가 보는 것보다
하늘이 보여주시는 비전

아름답고 창대하여라
예배가 있는 자리
영원이어라

*갈멜산기도원에서.

약속의 자녀

약속이 없는 사람은 불쌍합니다
오라는 곳도 갈 곳도 없는 사람은 고독합니다
약속이 없는 자녀는 더욱 불쌍합니다
하나님과의 약속은 문 열어주고
사람과의 약속은 길 열어주니
약속의 자녀는 아브라함입니다

우리는 약속을 가지고 있기에 행복합니다
하늘과의 약속은 영통
사람과의 약속은 인통
땅과의 약속은 물통이라
주께서 피의 약속을 우리 자녀에게 주시니
약속의 자녀로 이삭입니다

약속 있는 사람은 평안합니다
야곱이 이스라엘로 변화되듯
복을 명하셨나니 영생입니다

반석 위에 세운 교회
—시로 쓴 천안은혜교회

익투스
신앙고백 위에 세워진 교회
1982년 6월 9일
흑암의 권세 아래 쌍정 방아다리
사망과 음부는 불못에 던지우고
붉은 용과 옛뱀 그리고 마귀 사탄은
무저갱으로 던져진 날이어라

천국열쇠를 가진 교회
흘러가는 세월의 길목에서
아름다운 그 이름 천안은혜
무교회주의자 퀘이커교도를 배격하고
교회다운 교회로
하늘과 땅의 모든 권세로
반석 위에 세워진 굳건함이어라

육체의 일은 현저하나
성령의 열매를 맺은 교회
하나님 자녀의 권세로
비상하는 신앙공동체
믿음은 결국은 영원구원이어라

한 사람

한 사람을 찾습니다
정의를 행하며 진리를 구하는 사람
여호와의 길을 가는 사람
노아처럼, 아브라함처럼
사람을 찾으시는 하나님이시라

사람다운 사람을 찾습니다
가필드 대통령이 희구했던 행복
디오게네스가 알렉산더에게 말하듯
햇빛이 안 드니 옆으로 비켜주시오
어디로 갈까요
의의 태양이 그리운 한 사람이시라

한 사람
첫 사람 아담은 원죄를 부르고
둘째 사람 예수는 은혜와 구원을
나의 영혼 싸울 때
한 사람
예수 그리스도로
많은 사람이 의인 되시라

낭독

수문 앞 광장에 모여
새벽부터 정오까지
율법책을 에스라가 낭독할 때
모든 백성 일어서서 손을 들고 아멘 아멘
알아들을 만한 사람들
귀기울임이 깨달음의 시작이어라

희비의 쌍곡선 울다가 웃다가
오늘은 성일이니 근심하지 말라며
여호와를 기뻐함이 너희의 힘이 된다는
그 말에 크게 즐거워하니
말씀을 밝히 아는 백성이어라

시는 낭송
말씀은 낭독
느헤미야는 무너진 성벽을
에스라는 백성의 무너진 심령을
다시 구축하니 아름다워라
함께 가는 길, 부흥이어라

베데스다

양의 문인데 길이 없었고
간헐천이라 팔다리 쓰지 못하는
인식의 사각지대에서
그는 언제나 혼자였습니다
울고 있는 한 사람

명절인데 도와줄 사람이 없는
군중 속의 고독을 맛보며
또 한 번의 절망
나도 일어나 봤으면
나도 들어가야 되는데
치유의 웃음소리가 들려옵니다

은혜의 집에서 부분적이고 제한적인 경험을 하면서
네가 낫고자 하느나
자애로운 처음으로
일어나 걷게 하시는 그 손길
보수가 아닌 은혜입니다
추석에 베데스다로 가겠습니다

교회 세우기

사람이 세우는 교회
하나님의 방법은 언제나 사람
성도를 온전케 하며
봉사의 일을 하게 하며
그리스도의 몸을 세우는 교회
교훈의 풍조에 밀려 요동하지 않게 하소서

하나가 되는 교회
온전한 사람을 이루어
그리스도의 장성한 분량으로
사랑 안에서 스스로 세우는 교회 되게
교회는 그의 몸이니 연결되고 결합되게 하소서

자라는 교회
오직 사랑 안에서
오직 심령이 새롭게 되어
마귀에게 틈을 주지 말지니
심는 사람, 물 주는 사람이 될지니
의와 진리의 거룩함과
자라게 하시는 성령으로 새롭게 하소서

헤세드

빗줄기도 내리는 길이 있습니다
창가에도 줄이 있어 아름답습니다
사랑과 힐링의 숲
카멜리아 힐에서 누리며 맛보는 향기
억새의 다양함과 꽃들의 향연
가장 아름다운 계절
추위가 다가올수록 가을은 깊어갑니다

세계에서 제일 작은 교회
두 평 남짓한 필그림 처치에서
그리스도를 만나고
그 이름 되새기며
포기하지 않는 사랑이여
공의보다 큰 사랑으로
호세아, 하나님이 구원하십니다

숙려기간을 주시며
용서의 손길을 펴시며
신의 일식처럼

영혼의 창을 열어라
로루하마가 루하마 되고
로암미가 암미 되리니
긍휼로 백성의 자리, 회복되리니
헤세드이십니다

먼저 감사, 먼저 기도

초장은 양떼로 옷 입고
골짜기는 곡식으로 덮인
추수는 가을의 열매
주의 은택으로 한 해를 관 씌우시니
그 이랑을 평평하게 하고 단비로 부드럽게 하나이다

걸음이 빚어지다
내 삶의 목적은 주님께 있고 주님이 더 잘 아시니
먼저 감사로 그 나라와 의를
먼저 기도로 그 뜻을 구하며
사람의 끝이 하나님의 시작이오니
머리가 아닌 무릎으로 살기를 원하나이다

하나님께 속한 사람
염려 없는 세상을 위하여
세상에 있는 자보디 크시며
내 안에 계신 이
세상을 이기셨으니
그가 일하시는 최고의 시간에
이 모든 것을 더하시나이다

미래와 희망

을사년乙巳年
명리학도 운세도 아닌
본질적인 이끌림으로
물가엔 갈대
갈대는 갈색
산에는 억새가 뽀얗다
꾸미지 않은 순수로 그대 맞이하리라

동굴의 뱀같이 지혜로워라
나무 위 비둘기같이 순결하라
균형을 잃지 말지니 낡은 질서 물리치고
도전에 응전하는 교회가 되리라

나사렛사람이여 영원히 살아 있으라
울림을 지나 어울림으로
미래와 희망으로 나아가리니
칠십 번째 총회를 바라보며
선한 말이 성취되는 때
바벨론이 아닌 하늘 평안이 넘치리라

복음의 시작

머리 위에 떨어지는 낙엽
갈재의 임도는 바람이 불면
낙엽은 굴러 굴러 내려앉는다
나무가 될 순 없지만
나무를 나무 되게 하는 거름이 되어
썩어지고 부서지나니
낙엽은 새로운 시작이어라

겨울은 참혹한 것
눈으로 덮인 천지는 구분이 어렵다
12월은 새로운 시작
부드러운 크리스마스를 지나
봄의 꿈을 꾸게 하나니
이것이 복음이어라

복음의 시작은 예수 그리스도
세례 요한은 선구자 되고
천사는 그 도구가 되어
사람은 그 수혜자 아닌가

옥합을 깨뜨리는 사람
마리아 그 이름을 부르는 아침
이것이 복음이어라

섬김의 교회

섬기러 오셨고
섬김의 본을 보이시며
세족을 실행하심이 아름다움으로 다가오는 오늘
여기 섬김의 교회에 오시어 영광을 받으소서
가득한 의의 열매를 드립니다

첫날부터 이제까지
복음을 위하여
그리스도 예수의 날까지
착한 일을 위하여
생각하고 간구하며 걸어온 길 이십구 년
그 심장으로 사모합니다

심고 물 주는 섬김
자라나게 하시는 지존자이시오니
배우며 은혜와 지식으로 받을 때
믿는 자에게 역사하고
들을 때 그리스도의 말씀으로
본 바를 행하는 라마나욧을 사랑합니다

*허근도 목사님께 드립니다.

제4부

한국크리스천문학가협회와 함께

내 은혜가 네게 족하도다

사탄의 사자가 올 때
내 은혜가 네게 족하도다
너무 거만하지 않게 하시며
낮아지고 부서지게 하심이 아름답습니다

자랑하고 싶을 때
내 은혜가 네게 족하도다
주의 환상과 계시
셋째 하늘까지 이끌려 갔어도
지나치게 생각할까 심히 두렵습니다

약한 것들이 있을 때에
내 은혜가 네게 족하도다
내 능력이 약한 데서 온전해지며
약힐 그때에 강힘이라
도리어 약한 것들을 자랑합니다

일편단심 바울
오직 한 가지에 변함없이

한 조각 붉은 마음
육체의 가시가 있어도
내 은혜가 네게 족하도다

아이돌봄

남산의 봄
어르신 일자리 복지센터가 있는 곳
남자는 경비직이 많고
여자는 더 일자리가 많단다
내가 일해야 되는데
내가 가장인데
은퇴하며 맛보는 이 허허로움

아내가 인적성검사를 받으러 들어가는
뒷모습을 바라봄이 미안하다
그래도 합격을 기원하며 두 손을 모은다
아이돌봄으로 나아가는 길
한가족으로 되기를

교육을 거쳐야 취업이 되는 건 정해진 이치
어디로 가서 일하게 될까
어느 아이를 만나게 될까
처음으로 겪는 일에 초조함도 있지만 기대감도 높다
내 양을 먹이라, 목양이 그립다

존재의 노래

여기까지 왔는데 되돌아보면 무엇 하리
간신히 개척하며 온 길을
허무의 이름 앞에 내줄 수 없고
세상 유행가에 팔아 버릴 수 없어
더 달려가야지
더 사명으로 살아야 하리

길 위에 시를 쓰고
시가 없으면 걸을 수 없기에
오늘도 가슴으로 시를 낳고
하늘 쳐다보는 아침
운명도 허무도 아닌
소유도 아닌 존재의 노래로
생명의 시어로 살아야 하리

산다는 것은 길을 가는 것이기에
나비는 거북의 눈물을 마시고
저는 사람도 물 위를 걷는다
존재하는 힘이 노래가 된다

독수리목회

구약과 신약에 능통하며
진실로 번영로 그리고 신작로
서약하는 날마다의 삶에
목양은 영혼을 돌보는 일
사생결단
살아도 예수, 죽어도 예수
소명으로 사는 천보이어라

김을 매며 부르는 은혜의 소리, 천안의 가락으로
좋은 글씨를 선물하는 예술가
캘리그라피의 강한 울림이여
은총이는 뜻을 정함으로
향기는 생명의 냄새 풍기며
열매는 의와 빛으로 가득하여라

부부는 일심으로
교회는 전심으로
사역은 진심으로
기도는 합심으로

좁은 문 목회이지만
독수리목회 하시기를
날아오르는 힘으로 비상하여라

60년의 종소리

60년의 종소리
1965년부터 시작된 은총의 종소리
보라카이와 두망가스까지 퍼져나가는 부성워십
다시 거룩한 교회로
다시 그날의 처음으로
하늘엔 영광, 논산에 평화이어라

명예는 쉽고 가벼운 멍에로
혼자 있으면 뵈뵈가 되고
둘이 있으면 브리스길라 되어
부성목자와 동역하는 성령의 기쁨
영원한 그 사랑 두기고
오래된 제자 되어 새롭게 가는 길
취임하는 오늘 그 이름 복되어라

부성목자의 이십여 년, 최고의 신기록
교육관을 세우고 리모델링하며
믿음의 역사, 사랑의 수고
그리고 소망의 인내로 지나온 은총의 발자국

그 가문 하늘이 알며
그 사역 교회가 증언하리니
이제는 한가족이어라

주의 장막이어라

이새의 줄기에서 결실한 충성스러움
희락에서 나오는 성령의 열매
권하여 사람을 세우는
사역은 복되고 아름다운 것
시간을 담은 하모니
이음은 아름답고 복되어라

다윗전도왕
한번 물면 놓지 않는 진돗개
교회의 빈 자리는 존재하지 않는다
하나님의 그늘에서
브살렐은 그의 영으로 충만했고
아버지가 내 장막
정교한 일을 행하나니
오홀리압이어리

세계로제일교회를 위한
리모델링을 넘는 리노베이션
야긴

여호와께서 세우시며

보아스

그에게 능력이 있사오니

사랑스러운 주의 장막이어라

앵콜 제일

바람도 길이 있어
바람 바람 성령 바람이 부는 곳
아브람을 아브라함이라 하듯
한남제일이 세계로제일교회라
역사의 눈 삼십일 년이 제일의 은혜였기에
삼대목회의 연력이 말해주기에
믿음 소망 사랑 그중에 제일은 사랑이리라

똥개가 아닌 진돗개의 신앙으로
새 일을 행하시며 나타낼 것이기에
리더십의 눈을 따라 함께 고백하며 가는 하얀 길
침체될 수 없는 교회
눈을 열어 보게 하시리라

불말과 불병거가 산에 가득하여 엘리사를 둘렀기에
아람의 군사와 병거가 두렵지 않으리니
세계로제일교회여
험한 곳이 평지가 되게 하라
여호와의 길을 예비하라
세 번째 앵콜 집회, 대승하리라

천대의 언약

꿈하랑 어린이집은
천대의 언약을 받은 하늘기업
요셉처럼 꿈을 가진 창의적인 어린이
솔로몬 스타일 지혜롭고 총명한 어린이
심신이 건강한 어린이
그날의 어린 예수처럼

천대에 명령하신 말씀을 따라
천대까지 은혜를 베푸시고
현재보다 천배가 되기를
처음보다 나중이 더 맛을 내기를 이어가는 은총
끊임없는 헤세드
마하나임, 하늘군대이어라

최고의 실력
정성을 다하는 보육
숙련된 아우라
영원히 남을 참 모델이어라

시골사람

도시의 리듬에 맞춰
살아온 삼십팔 년
앉은뱅이처럼 베데스다를 구한다
천보에선 아무런 일도 없었다
농번기 탁아소 하며 신학교를 졸업했고
부성에선 훈련소 옆에서 지내며
어린이선교원을 세워 세월을 아꼈다

시골의 리듬이 좋다
느리면서도 열매를 다 거두는 곳
무정함 속에 은밀함이 넘치는 곳
일년 내내 산이 보이고
늦게까지 눈이 내리고
시를 쓸 수 있는
나만의 농막을 갖고 싶다

나는 시골사람이다
느리게 살고 싶다
열매가 보이기 시작한다